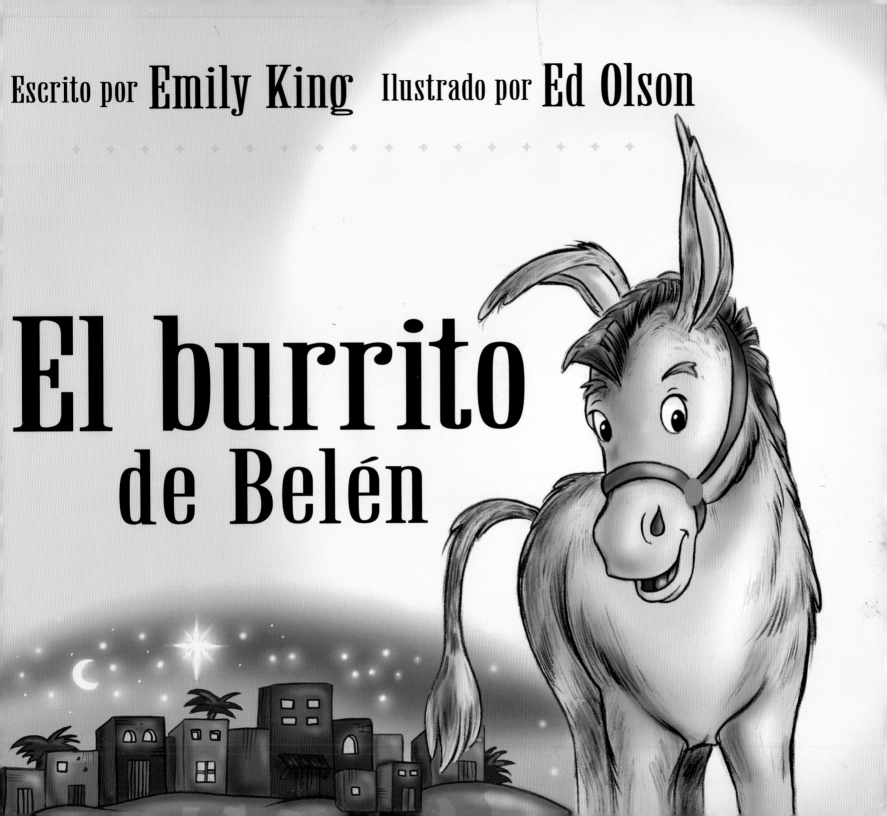

Escrito por **Emily King**   Ilustrado por **Ed Olson**

El burrito
de Belén

En honor a
nuestro Salvador, el Santo,
que una vez nació en un pesebre,
Mas ahora lo atesoramos en nuestro corazón.

Y a mi madre,
que permanece
en la gracia del Salvador.

Título del original: *Clopper the Christmas Donkey*

© 2003 del texto, Emily King
© 2003 del arte, Ed Olson
Publicado en inglés por Kregel Publications, P.O. Box 2607, Grand Rapids, MI 49501. Traducido con permiso.

Edición en castellano: *El burrito de Belén*. © 2009 por Editorial Portavoz, filial de Kregel Publications, Grand Rapids, Michigan 49501. Todos los derechos reservados.

Traducción: Rosa Pugliese

EDITORIAL PORTAVOZ
P.O. Box 2607
Grand Rapids, Michigan 49501 USA

Visítenos en: www.portavoz.com

ISBN 978-0-8254-1790-0

Impreso en Corea
Printed in Korea

¡Hola amigos! Soy el burrito de Belén. ¡Pongan atención, pues les contaré la historia de una noche muy especial!

Todo comenzó una mañana temprano, mientras comía mi desayuno de hierba dulce. Mi dueño, José, salió de la casa trayendo mis riendas y costales con provisiones para un viaje.

Por aquellos días Augusto César decretó que se levantara un censo en todo el imperio romano… Así que iban todos a inscribirse, cada cual a su propio pueblo.

¡Iii-aah! ¡Una aventura!

José ayudó a su esposa, María, a sentarse sobre mi lomo. Sentí que pesaba más que la última vez que la había cargado.

También José, que era descendiente del rey David, subió de Nazaret, ciudad de Galilea, a Judea. Fue a Belén, la ciudad de David, para inscribirse junto con María su esposa. Ella se encontraba encinta…

El camino nos llevó por colinas pedregosas y empinadas, y por valles frescos y verdes. Pasamos por aldeas tranquilas y pueblos muy transitados.

Al final llegamos a Belén. La ciudad estaba alborotada por personas que venían de todas partes.
"¡Iii-aah! ¡Iii-ahh!" —rebuznaban los otros burros.
Los niños se agolpaban alrededor de nosotros para jugar. Sus mamás les reñían. Antiguos amigos reían y gritaban, mientras se daban palmaditas en la espalda uno al otro.

—José —dijo María—, ¡mira cuántas personas han venido a Belén!

—Sí —dijo José con un suspiro—. No será fácil encontrar una habitación.

Caminamos con dificultad por toda la ciudad, por calles y caminos polvorientos. José golpeó puerta tras puerta. Nadie tenía una habitación libre. El cielo había oscurecido y el aire se volvía más frío. Yo sentía el aroma de los estofados al fuego y del pan recién horneado. ¡Mis tripas gruñían como un león hambriento, y me dolían hasta las pezuñas de tanto caminar!

—Veo que estás cansada —le dijo José a María. María sonrió.

—El Señor nos proveerá un lugar para pasar la noche. Yo sé que lo hará.

Finalmente, José encontró a un amable posadero. Al principio, el posadero movió su cabeza con un gesto de negación, y dijo:

—Lo siento. No hay lugar para ustedes en la posada.

Después, miró a María, y dijo:

—Es tarde y ambos están cansados. Pueden pasar la noche en el establo. No es muy cómodo, pero al menos podrán descansar un poco.

José descargó los pesados costales de mi lomo. ¡*Iii-aah*! ¡Qué alivio! Y había heno crujiente y agua fresca para cenar.

María y José, por lo general, no dormían junto a las vacas o las ovejas… ni siquiera junto a los burros. Pero se acostaron plácidamente sobre una cama de paja y se durmieron.

Yo también me quedé dormido. Después, escuché algo.

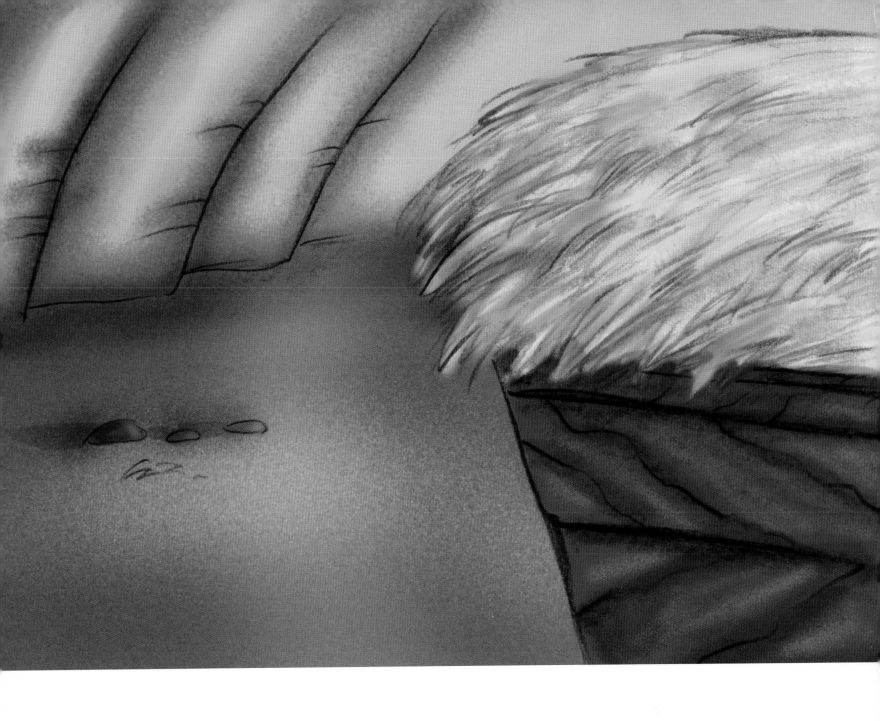

El sonido de un… un…

… ¡un BEBÉ! ¡María había dado a luz a un bebé! Al niñito Jesús. Lo envolvieron en pañales y lo acostaron en el pesebre. Allí es donde nosotros, los animales, comemos heno. Di unos pasos hasta donde estaba acostado. ¡Qué bebé tan dulce! Sabía que era muy especial.

Y, mientras estaban allí, se le cumplió el tiempo. Así que dio a luz a su hijo primogénito. Lo envolvió en pañales y lo acostó en un pesebre, porque no había lugar para ellos en la posada.

Cerca de Él, me sentía tan tranquilo como un corderito dormido, desde la punta de mi hocico hasta la punta de mi cola. María y José besaban sus mejillas sonrosadas y cantaban suaves y bellos cánticos de alabanza.

Me quedé dormido otra vez. Después, voces de entusiasmo me sobresaltaron y me desperté. Un pastor llamaba a los otros: "¡Aquí! ¡Encontré al niñito Jesús!" Los pastores se apresuraron para entrar al establo. El alto y el jovencito tropezaron con el primero, que se detuvo de golpe.

—¿Podemos verlo? —preguntaron.

—Por supuesto. Entren —respondió José suavemente.

—Shhhh —susurró el gordito mientras se acercaban en puntillas hasta el pesebre.

Cuando llegaron al pesebre, se arrodillaron. Y se quedaron contemplando al niñito Jesús en silencio y quietos como estatuas.

Después, habló el pastor alto. "Estábamos cuidando nuestras ovejas —dijo—, cuando de repente apareció un ángel y nos rodeó con una luz brillante".

—Sí —dijo el jovencito—, empezamos a temblar, pero el ángel nos dijo que no tuviéramos miedo.

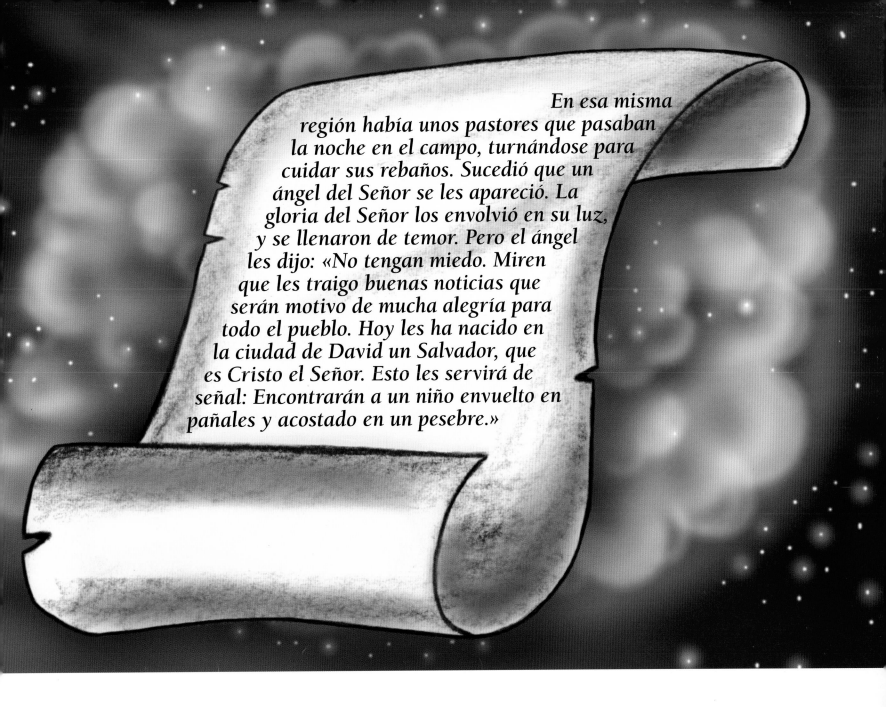

En esa misma región había unos pastores que pasaban la noche en el campo, turnándose para cuidar sus rebaños. Sucedió que un ángel del Señor se les apareció. La gloria del Señor los envolvió en su luz, y se llenaron de temor. Pero el ángel les dijo: «No tengan miedo. Miren que les traigo buenas noticias que serán motivo de mucha alegría para todo el pueblo. Hoy les ha nacido en la ciudad de David un Salvador, que es Cristo el Señor. Esto les servirá de señal: Encontrarán a un niño envuelto en pañales y acostado en un pesebre.»

El ángel dijo: "Les traigo buenas noticias que serán motivo de mucha alegría para todo el pueblo".

De repente apareció una multitud de ángeles del cielo, que alababan a Dios y decían: «Gloria a Dios en las alturas, y en la tierra paz a los que gozan de su buena voluntad.» Cuando los ángeles se fueron al cielo, los pastores se dijeron unos a otros: «Vamos a Belén, a ver esto que ha pasado y que el Señor nos ha dado a conocer.»

Entonces, el otro pastor dijo: "Y después, no van a creer lo que vimos. ¡El cielo se llenó de luz! Cientos… no, miles… de ángeles cantaban:

'Gloria a Dios en las alturas, y en la tierra paz a los que gozan de su buena voluntad'".

El pastor alto dijo: "Dios cumplió su promesa de enviarnos un Salvador". Los ojos de María y José brillaban mientras lo escuchaban.

Cuando vieron al niño, contaron lo que les habían dicho acerca de él, y cuantos lo oyeron se asombraron de lo que los pastores decían.

—Sí —dijo María emocionada—, el Señor realmente nos ha bendecido con este niño.

—Vamos a darnos prisa, y regresemos a casa a contarlo a nuestra familia —dijo el otro pastor.

Me pregunto si los demás creyeron a los pastores. Bueno, ya sea que hayan creído su historia o no, yo sé que es verdad, pues lo vi con mis propios ojos. Estuve allí aquella noche especial cuando María dio a luz al niñito Jesús…

María, por su parte, guardaba todas estas cosas en su corazón y meditaba acerca de ellas. Los pastores regresaron glorificando y alabando a Dios por lo que habían visto y oído, pues todo sucedió tal como se les había dicho.

… al Señor Jesús, el Salvador del mundo.